LA BRÛLURE

DU MÊME AUTEUR

ANNAM, Arléa, 1993. (Prix du premier roman. Prix des Deux-Magots.)

ABSINTHE, Arléa, 1994.

LE MAÎTRE DES HEURES, Grasset, 1997.

VIVE L'ENFER, Grasset, 1999.

J'ENVIE LA FÉLICITÉ DES BÊTES, Grasset, 2002.

QUARTIER GÉNÉRAL DU BRUIT, Grasset, 2006.

LE RÊVE DE MACHIAVEL, Grasset, 2008.

L'EXPÉRIENCE, Grasset, 2015.

Avec Charlotte Rampling

QUI JE SUIS, Grasset, 2015.

Avec Rithy Panh

L'ÉLIMINATION, Grasset, 2012. (Prix essai France Télévisions. Prix Aujourd'hui. Prix Joseph Kessel. Prix Livre et Droits de l'Homme de Nancy. Grand Prix des lectrices de ELLE. Grand Prix SGDL de l'essai.)

L'IMAGE MANQUANTE, Grasset, 2013.

LA PAIX AVEC LES MORTS, Grasset, 2020.

CHRISTOPHE BATAILLE

LA BRÛLURE

roman

BERNARD GRASSET
PARIS

Photo de la bande : © Veronika Tumova / VOZ'Image.

ISBN 978-2-246-82021-5

« On peut mettre un immense amour
dans l'histoire d'un brin d'herbe. »

Gustave Flaubert à Louise Colet

Les grandes chaleurs

Notre chambre ouverte est le cadre, et dans ce cadre, les années.

Tu te souviens ? Cet été-là si chaud, on le sentait à nos pieds sur les carreaux devant la prairie, à tes jambes campées, fines et transpirantes, à nos mains où jouaient les veines.

Depuis octobre tout était doux, hésitant. Pas d'automne, pas d'hiver. Et ce vent tiède comme dans les contes.

L'été n'a pas cessé. On cherchait les mots, on ne savait plus comment dire. Parfois l'événement nous étreint comme une idée. Était-ce une longue saison ? Était-ce le climat ? Ou était-ce notre fin douloureuse ?

La chaleur a tout pris. La plaine irritée. Le lacis des fosses oubliées par nos parents, où se réfugiait la faune. Les chemins de poudre. La route du soir.

C'était hier ? C'est demain. Parfois l'événement est tel qu'il cherche à se fixer. Ce n'est pas encore un nom, c'est une image.

Tout tremblait dès l'aube, pâli comme du fer. L'enclume c'était moi, c'était toi, les yeux fixant la campagne. Je te vois ce matin d'hiver, enroulée dans les draps et me glissant : regarde, mais regarde, tout est encore brûlé… Tu crois qu'on reverra la neige ?

J'écoutais avec toi les champs de tiges et les pétales au vent. Ainsi l'événement a des courbes et un son, comme si le temps était venu d'observer une seule image.

Le paysage nouveau semblait une peinture, avec ses meules et ses blés brûlants. Chacun y allait de ses souvenirs. Chacun évoquait une étude scientifique, un cousin vigneron, ou la sagesse populaire qui n'a cessé de nous trahir. C'est le monde qui ne tournait plus pour nous, les hommes.

Oui, c'étaient les grandes chaleurs et il nous semblait qu'elles avaient commencé des siècles auparavant. Pourtant on se souvenait de nos jeunesses comme dans les livres, hésitantes, parfois pluvieuses, avec de longs printemps maussades et la brume comme une barre sur les routes. On se souvenait de l'automne qui mordait par les champs et par les grèves. On se souvenait de la neige sur la tour de la cathédrale – la neige allègre et sourde que percent les rires d'enfants.

À chaque saison j'ai décidé de photographier la plaine devant la maison. Pour tenir cet espace entre nos mains. Et se dire, un jour, voilà, ça s'est passé ainsi.

De temps en temps, nous regardions toi et moi ces images en silence. D'année en année, l'herbe brune, les matières flétries, les fleurs de sable montées jusqu'à nous. L'effacement du ruisseau où je jouais autrefois. Le souvenir affaibli. La transparence substituée au secret, puis à force, le vide.

Les hommes étaient là, à cent mètres, avec les deux voitures : préparant le café, huilant les tronçonneuses, vérifiant les chaînes et les cordes. J'approchai. Tout était gris, presque tendre, avec ces épaules, ces mains, avec mes amis et derrière eux : l'arbre. Le hêtre nous attendait, à la mesure de nos vies. Un tel matin, dans l'été qui se dresserait bientôt sur nos outils, je me suis senti fort.

On est restés ensemble à scruter les branches, le jeu du vent, cet équilibre bizarre. Je nous observe. J'observe nos veines, nos cuisses, les nuques, les mêmes taches noires aux bras. De la main gauche j'ai frôlé le tronc, j'ai glissé mes ongles dans l'écorce.

Il a quel âge, celui-là ? Quatre-vingts ans ? Beaucoup plus, bien sûr. Cent vingt, cent cinquante ans. Ce n'est pas l'Empire ou la République. C'est un corps qu'on va réduire, entaillé par les enfants autrefois, un arc à l'épaule, un cerceau à la main, pendant que toi, sur le ventre, le dos trempé, dans le grand lit tu dors.

Je m'équipe devant le miroir. Parfois tu te moques de mon sérieux et c'est vrai, j'enfile la chemise kaki sur une maille épaisse. Je me dis qu'elle protège le cœur et les poumons.

Je boutonne ma chemise jusqu'en haut et je transpire déjà.

Combien de fois m'as-tu observé, assise sur le lit ? Ce matin c'est mon tour, avec le ciel qui prépare son entrée dans la chambre.

J'enfile mon pantalon de sécurité puis mes bottes. Je vérifie : les gants, la scie. Que pensera-t-il, le chêne ? Que dira-t-il de ces outils qui viennent le démonter, pousses, branches, arcs et feuilles ?

Il faudra élaguer devant la vieille dame. Elle tient son fichu à carreaux déjà. Je vois sa main gauche tordue, un doigt manquant. Et sa nuque frêle quand elle se détourne. Je lui demande : On y va madame ? Vous êtes sûre ? Prenez le temps, encore… Mais non.

Alors je tronçonne, j'avance, je découpe ces stries de l'âge qui surprennent toujours les enfants. La vieille dame murmure mon pauvre, mon pauvre chéri. Elle l'avait planté pour la naissance de son fils, tombé à six ans dans l'escalier de pierre. Elle pleure doucement. Moi je continue.

J'ai fixé la hache dans mon dos, sous la corde que tu graisses avec moi pendant l'hiver. Harnais, couteau, tenaille, outils, tu connais le corps de l'ouvrier. Qui voit encore ces hommes dans les villes ? Je me prépare à l'éternel été : joyeux de me tenir bientôt au chevet de l'arbre.

À gauche du lit, des piles de livres ; et tes vêtements un peu partout, des pulls et des châles, des plaids pour l'ancien hiver, mauves, bruns ; tes bas emmêlés ; ton chemisier, la tunique lie-de-vin ; la robe à fleurs qui nous fait rire ; autant d'albums jamais clos : quoi de plus doux que dormir parmi ses trésors ?

Je me suis habitué à marcher sur tes ceintures, tes jupes froissées, à dormir avec leur odeur. À ne jamais ordonner.

Si je me redresse, tôt, les rideaux flottent, avec la page de lumière qui attend, dure et palpitante. Le parquet court jusqu'au pré : notre chambre est ainsi faite, bientôt consumée dans le matin. Je devine les cyprès et plus loin, invisible mais attirant des guêpes énormes : la vigne. Autrefois, il y avait de petits ifs sur le côté du bâtiment, avec leurs bois noircis aux souplesses d'arc ; et les branches empoisonnées qu'on a fini par rompre.

Maintenant il n'y a plus que la lumière. J'embrasse tes lèvres fines. Tu te retournes, la main sur les yeux.

Je m'assieds. Tu dénoues tes cheveux. Alors c'est l'heure ? Déjà ? Il fait si chaud…

Ce qui nous regarde est étonnant. Combien de matins t'ai-je vue approcher dans cette chaleur.

C'est comme une photographie. Plus nous allons vers l'avenir et plus les teintes sépia gagnent. N'y vois pas la lassitude. N'y vois pas d'effet, chimie, tissu, papier, acide ou conte. Plutôt l'attente.

Le soir je suis rentré, dans l'atelier derrière la maison. Je me suis assis sur une caisse. Les mains noires d'huile. Des copeaux partout. La chaîne cassée de la tronçonneuse.

La sueur coulait dans mon dos comme un sang tiède. Avec la lame des mauvais jours, j'ai découpé ma chemise à l'avant-bras. Il était tendu avec des reflets et piqué en son centre : le frelon. Son dard vite arraché à travers le coton noir mais qui empoisonne. Ça allait mieux déjà : il ne restait que cette tige au bout de la main, douloureuse et grosse. Je l'ai lavée au vinaigre.

Combien de fois m'ont-ils piqué, lui, les siens, les autres ? Tous les élagueurs comptent leurs blessures. Celle-ci brûlait la paume et les poignets. Le venin se cherche une issue.

Je t'ai retrouvée, de l'eau jusqu'au cou dans la baignoire. Je m'y suis glissé, tu as ouvert les yeux. Tu as vu ma blessure que tu as frôlée doucement.

— Le petit salaud.

— Un frelon. Le troisième de la saison.

Tu t'es levée, tu as noué tes cheveux et as rasé tes aisselles.

— Tu me regardes ?

— Oui.

— Tu me prendras en photo ?

— Oui.

Pour l'heure je tombe dans les rêves. Tu prends ma main et tournes la tête. À droite, la grande fenêtre ouvre sur la forêt.

Je joue avec cette image. Je joue avec le manque. Dans une maison, il manque toujours quelqu'un. Le sol carrelé sèche et nous brûle.

L'arbre nous attend. Le chêne majestueux durci comme la pierre. Ou celui-ci, qui a vu les ballons dirigeables puis entendu, pendant la Grande Guerre, des canons reculer sur cent mètres. Ou celui-là, mal poussé, jeune et frêle. Je consignerai son nom dans le cahier. Il sera mon roi du jour.

Ma main hésite, frôle une prise. Cet arbre, je ne l'affronte pas, je le cherche. C'est un acte à deux. Une étreinte blessante. Élaguer est une cure. Tu connais mon calme. Et tu connais ma main, avec ses os épais, les doigts ouverts. Une saillie de muscles prêts à serrer.

Il y a vingt ans, déjà, tu riais en embrassant ma paume – avec des mains pareilles, on attend forcément quelque chose. Le corps est entêté. Tu me fixais silencieuse. Je tenais tes poignets et ton cou, c'est vrai, et le temps n'y change rien.

Dans le cahier des arbres, il y a déjà celui qui me blessera. Nul ne sait le jour. Il aura ses hautes branches, tournoyantes, maléfiques. Je ne le vois pas encore. Je ne connais pas ses trente mètres, perdus dans la brume, passé le mur circulaire du petit château. Et quand je découvrirai sa hauteur et son nom, ce sera en plein vertige car le vertige, ce n'est pas vers la cime, c'est le sol.

Je ferme les yeux et j'écoute la nature avec son front tragique où palpitent les oiseaux, et la nature qui fane sous le soleil.

À vingt ans déjà, nous fêtons notre rencontre. Tu as ri en me voyant quitter la salle de bains les ongles brossés, les mains adoucies par la pierre ponce, les cheveux douloureusement peignés.

Puis tu t'es approchée, avec ton air sérieux et tes lunettes. Tu as plaqué tes deux mains sur ma poitrine et je n'ai pas reculé. Tu as frappé encore, le souffle court, le visage frémissant.

— J'aime bien, tu as murmuré. C'est dur. C'est comme des mathématiques. Je sais que je dois aller par là, mais je ne passe pas. L'idée traverse et moi je reste de ce côté.

C'était un jour de semaine, suspendu et somptueux. Tu te coiffais en riant.

— Je me demande combien de temps tu échapperas aux arbres.

— Habille-toi.

J'ai serré tes reins à travers le tissu, et à genoux j'ai embrassé ton ventre. Tu m'as décoiffé. Nous sommes partis vers les champs : la tour de la cathédrale flottait dans l'air inachevé. Nous avons longé le mur de mon père, descellé, infranchissable – pour couper le vent. Après deux kilomètres, j'ai retrouvé le tuyau fendu. Comme autrefois j'y ai collé ma bouche. Puis tu t'es accroupie, de la main gauche serrant tes cheveux, tes lèvres cherchant le filet glacé. Tu as rafraîchi ta nuque et moi, admirant l'eau qui filait dans ta robe, je songeais aux fleurs noires et vertes des étangs.

Nous sommes nés là tous les deux. On dit que c'est le centre géographique de la France. Si l'on se tient dans la nature, sur ses deux jambes fermes, on sent les forces de tous côtés. Les montagnes à l'est, opaques comme une citadelle. Les forêts à l'ouest, où sont les fées et les mers. L'histoire qui monte de nos pieds jusqu'au visage.

Dans ce pays, tout est connu. Chaque parcelle. Le cadre, c'est le corps. La frontière, c'est l'énigme sous nos yeux. Penser ainsi n'est pas une sagesse : c'est approfondir le secret.

Or tu es venue sur moi, mon amour d'il y a vingt ans. J'aime tes cheveux où se perd le regard, et ta bouche, et tes doigts qui cherchent, tandis que l'herbe du chemin se tord sous mon dos. Je tiens tes chevilles. Tu as défait tes boutons. Tes jambes collent. Tout est connu et bon, et retraversé, ta peau, ton odeur. Nous roulons au pied du muret où la pierre semblait fraîche.

Il faudrait passer sa vie au pied des arbres. La structure ploie, grince, tourne, emporte les nuages. Je devine son tronc, mais le nom ne vient pas. Peut-être ne me reconnaît-il pas non plus ? Je ferme les yeux. Seule l'herbe tranchée et les insectes dans ma nuque me cherchent : tout est ténu. C'est l'été qui coule dans nos bouches. Ici le passé s'offre ou bien c'est l'avenir, les deux se fondent et jouent. Je ne connais pas d'image plus trouble.

Tu t'es redressée en murmurant :

— Faut pas rester allongé au pied des arbres, on finit par voir des choses. Je voudrais être sûre qu'on n'est pas allongés sous la terre. Tu comprends ?

Et c'est ainsi que nous avons fêté notre rencontre, après quatre ans je crois, au centre géographique de la France où se concentraient les grandes chaleurs. Et nous avons marché dans la pénombre à peine rhabillés, tièdes, jusqu'à la maison ouverte.

Pour eux le cadre n'existe pas.

Les frelons se déplacent comme dans un conte, pendant des années. Sur un cargo chargé de containers, et dans ces cubes de métal, des écrans, des câbles, des animaux, des cornes de rhinocéros, des rouleaux de tissu, des médicaments, de l'alcool, des meubles, des tubes de plastique gris, des feuilles de zinc, de l'éthane, de la cassitérite – et au cœur de tout, une forme oblongue et mate, le nid.

Ou bien c'est une barge qui descend le fleuve. Une plaque sèche parmi les troncs qui dégouttent leur sève. Là, un œil dur nous fixe dans les sangles.

Ou encore c'est un essaim qui chute à Héraklion d'avoir franchi quelle frontière :

passé la mer jamais fraîche, c'est la terre ocre, un vaste paradis, chênes nains, souches brûlantes, palmes et mandariniers.

Le soleil porte ces frelons. Longtemps ils ont approché, en quête du trône végétal. On dit qu'ils vivent à sept mille dans une balle de cire et de terre.

Toutes ces années, tu te souviens, j'ai noté mes journées dans les arbres, comme un explorateur. Des pages par centaines, avec mes dessins de feuilles et de rameaux.

Chaque matin, chaque soir, la température, le ciel, un sentiment d'humidité ou de saison nouvelle. La discipline, quelle joie. On ne dirait pas, à toucher mes mains. Vingt années sur cette terre à fixer haut, le vent dans les branches, cette simplicité, vingt années à questionner les couleurs. Le tronc un peu gris. Les branches qui fatiguent et cassent – c'est l'hiver. Ou bien tout se dresse éclatant.

Vingt ans de géométrie, moi qui aimais si peu l'école, incapable de rester assis, de tenir mes mains à plat. Vingt ans à observer un arbre, à chercher une ligne, des axes, je n'ose pas dire un théorème.

Je consignais aussi les maladies : les petits cônes violets, les chenilles, la gale. La nature tel un voile.

À feuilleter aujourd'hui ces cahiers, je me dis que tu avais raison. Figues parcheminées, feuilles à fractales, veines frôlant les bordures, je ne dessinais pas si bien.

Retrouver son écriture est enfantin. Où est passée la main de mes vingt ans ? J'effleure ces couvertures pâlies : on dirait du papyrus. Un jour, quelqu'un jettera tout ça au feu. Les dessins rejoindront les branchages. Rien de plus injuste et de plus beau.

Je t'ai photographiée aussi. À seize ans, je me souviens. Tes yeux clairs, ta natte sur le côté, ton rire. Je vois bien qu'on était sales, dans ces sous-bois, après la route qui flottait comme une tôle.

On a fini par s'allonger sur une île bordée de fougères. Je sentais la terre dans ta robe et tes cheveux. C'était bien toi, le soleil au visage, comme tombaient sur nous les arbres pacifiques.

Je t'ai photographiée, la sueur à la gorge. Tu disais : l'idéal, c'est quand il y a déséquilibre. Quand la nature vient en nous, d'abord douloureuse. Quand elle échappe à la forme. L'image était floue, tes coudes sur les genoux, l'air de tout savoir et de te moquer. Je t'ai chérie. Et je n'ai plus cessé de te photographier, songeuse, nue, endormie, au travail, et bien sûr, un matin, adossée au chêne du roi de France.

Un jour, tous nos amis sont partis. La ville, Paris ou ailleurs, ils n'avaient que cette idée. Quitter les champs et les maisons, quitter cette poisse. Donner un moment de son existence à une expérience nouvelle.

Ils ne fuyaient pas les chemins, les prés et les mares, ou le rideau bruissant de chaleur. C'est la nature qui lâchait. La grâce, c'était fini. Le refuge, c'était fini. Les matières se déversaient dans le monde : bitume, plastique, ciment, argile et courbes calcinées, encens, plaques brillantes venues d'autres continents, vaste souille portée dans un élan de force.

Et toi ? Toi aussi tu es partie, avec ta passion pour les idées. J'ai vécu seul dans la grande maison, tel un prince d'autrefois, avec mes trois chemises, la timbale de mon baptême et la photographie de mes parents.

J'ai appris le métier. J'ai appris à observer. À me tenir contre un arbre, impénétrable si l'on veut. À être le grimpeur. Je suis devenu le bois sonore, l'ami, le jouet et la nature – s'ils ne sont pas le même.

Tu rentrais sans prévenir, avec ton sac et ton rire. Je t'entends encore moquer mes cheveux, ma peau d'Indien. On flâne, dis-moi, on prend l'air et le soleil, on contemple… Monsieur vit dans l'ancien temps, loin de tout et il est fier, et revêche. Heureusement que je viens avec ma blancheur et mes odeurs délicates. Et avec le monde brûlant de Paris…

Je riais sans dire grand-chose. Tu cognais mes poumons avec une telle tendresse et une telle force, j'en aurais pleuré. Je te regardais, fixant la plaine en silence, nue à notre table, les cheveux au visage et la main entre les cuisses. Je notais tes mots, tes lectures, la tiédeur de novembre enveloppée dans nos draps ; la neige de plus en plus rare. Et bien sûr les arbres de l'année : le peuplier qui chute, si fin, le vieux saule comme une pierre.

Tu lisais mes pages. Tu crayonnais mes photos puis tu repartais à Paris. Enfin, tu es restée dans la maison.

Rien n'avait changé depuis la mort de papa. Et pour maman, tu sais depuis toujours qu'elle ne m'a pas connu. La vie est un abandon, joyeux à force, et comme tout rêve il s'apprivoise.

Je voulais une maison de poutres et de laine, avec ta fantaisie transformant chaque pièce. Tu sais, une maison comme ces cubes de savon que les enfants peinent à saisir.

Alors j'ai lavé les escaliers, brossé les carrelages, ciré le parquet noir. Pardon papa pour ton lustre métallique qu'admiraient les invités. Pardon pour les tentures. Pardon pour le bonheur-du-jour où sont encore vos lettres. Et pardon maman pour le berceau que j'ai remisé : tu ne m'y auras pas vu. Mais ta photo ne me quitte pas, il me semble que tu nous regardes.

Enfin j'ai repassé les draps de fil où tu t'es glissée un soir, presque timide.

Le premier matin, je t'ai dessinée. Tu étais sur le dos, les cheveux défaits, la tête à côté du coussin. Je me suis allongé aussi. J'ai pensé au jeune hêtre qui ne dominait pas encore la plaine et que nous pouvions serrer de nos bras.

J'ai frôlé ton sexe, tes jambes habituées au lit. Tes seins étaient plus légers, je m'en souviens maintenant. J'ai sorti le dessin de sa cache, après des années. Tu es si belle, plus brune encore, et je ne cesse d'approcher.

À vingt ans je nous vois sur ta moto, pantalon rouge, savates, et le casque anglais d'où jaillissent tes cheveux coupés aux ciseaux par ta mère. Il n'y a pas trace de ce souvenir. Tu m'attends et me souris. Tu aimes mes dents mal fichues. Et moi ta bouche vorace. Tu pétarades fièrement, alors, on y va ? Je t'entends dire mon prénom, ou bien est-ce ta mère qui m'appelle dans les fumées ? Elle n'aime pas trop nos escapades, moi je serre ta robe d'été. Je me souviens qu'on a roulé tout le soir. Sur les routes, dans les bois, je me tenais contre toi. Après deux heures, nous nous sommes assis dans un champ, avec cette odeur d'essence et de graisse chaude.

— Tu ne trouves pas ça vulgaire, une femme à moto ?

J'ai embrassé tes lèvres rougies. On s'est dit qu'on raconterait librement. Qu'il n'y aurait ni transparence ni secret. La nature nous tient. La nature nous déséquilibre.

On a poussé la moto jusqu'à la route, avec de la paille sur la selle et dans les pneus, et on a roulé vers la ville, les yeux fermés, si vite, si fort, avec dans ma bouche le goût de ta peau.

Ce jour est lointain, pourtant il me semble le tenir dans ma main, la veille brûlante du dernier.

À voler de hangars en plaines, la nuit comme un mur, le jour dispersés mais hurlant leur puissance, les frelons ont trouvé.

Ce n'est pas un palais mais un hêtre majestueux. Là, devenus invisibles, à peine larves ou seigneurs, dévastant tout, inatteignables, ils nous fixent. Parfois le creux est tel qu'il se fait l'événement. Parfois le creux est notre conscience, et ce néant, organisé tel un corps ou une peau, ne cesse de nous appeler.

Maintenant il faut grimper. Comprendre cet arbre : comment il s'écarte, pourquoi il ploie, pourquoi il ne grandit plus. Se mettre en lui.

Jamais je ne l'avais écrit ainsi. Je voudrais te donner la sensation d'être dans la main de l'arbre, avec l'horizon, depuis là-haut les enfants, qui courent, rient et se perdent. Ils ne voient plus de mains avec les ongles cornés, secs, avec de la pâte noire qui s'est fichue là et ne partira plus.

Faire avec l'arbre. L'observer comme jamais, essayer de vivre pour lui, avec plusieurs saisons d'avance. Se demander où il sera alors, dans quelles formes, tandis que moi, l'ami, l'architecte, l'élagueur, sous la terre portée enfin par l'ombre, je serai allongé à deux pas.

J'ai toujours été suivi par des enfants. Avec nos casques, avec nos haches, nos scies qui hurlent. Sur les bords de la route où l'on taille, avec les meules jamais loin qui font des ombres. Sur les places brûlantes. Au pied du platane peint à la chaux. Dans les cours d'école, escorté par la directrice, par les pompiers, par deux cents enfants qui jouent, soudain font silence : l'arbre va tomber.

Et à Versailles je me souviens, après la grande tempête. Les enfants nous observaient de loin sans bouger. Comme si on enterrait la petite reine tassant la terre autour de son arbre.

Je n'ai que des rires en tête, et des cris. Regarde la branche ! Il va la couper… Elle est légère… Ah, non. Il a choisi celle-là finalement. Pourquoi ? Il s'est trompé ? Il doit encore grimper, avec ses cordes ? Il est fort, regarde, sa main droite tient la tronçonneuse. Tout là-haut…

C'est vrai, j'étais seul, transpirant, le visage noirci. Et quand je m'essuyais le front, je retrouvais ces petits regards prêts au combat, guettant le craquement du jeune érable, la chute du feuillage.

En ville, les hommes courent et ils sentent leurs muscles, leurs mains engourdies. Ça y est, mon corps, se disent-ils, je le sens ! Je lui fais du bien. Après une heure, ils rentrent chez eux et se noient sous mille litres d'eau, palpitants et chétifs.

J'ai croisé des types seuls dans les forêts, l'air de savoir où ils vont, un bâton à la main. Des enfants qui jouent aux flèches. Des cavalières enchantées, cravache à la main. De jeunes couples enlacés qui hésitent.

Puis il y a les insectes, comme je n'en avais jamais vu. Les taons, noirs et bêtes. Les moustiques. Des guêpes soudain. Des larves en grappe. Et ce bruit de tous côtés, ce désir intense dans la pâte des arbres. La nature jamais reposée, ça ne me plaisait pas. Je voyais bien que tout allait reprendre. Je touchais cette préparation mauvaise, la jeune chair sans frein dans la charpente.

Mais ce dernier matin d'août, je me sentais heureux, prêt à en découdre. Tu sais, en fin de saison, nos corps se confondent aux idées, ils se livrent à elles.

J'ai pris la tronçonneuse de sept kilos que j'ai harnachée sur mon dos. J'ai vérifié la corde, les lunettes, le talkie-walkie. Je sentais déjà la sueur et l'essence. Avec les gars on s'est regardés :

— À toi l'honneur, chef.

Deux gars assurent la grimpe, je les entends dans le talkie à mon épaule. Rien ne tressaille. Je trouve une première branche à dix mètres, une poutre, une énorme cuisse. Je souris. Un peu plus haut, je devine un bourdonnement. Je me fige. Le talkie grésille. Ça va ? Un souci ? Non… Je ne crois pas. Plutôt une impression. Je cherche vers la cime. Rien. Je monte encore. Maintenant je ne suis plus seul. Maintenant ça bouge, autour, les feuilles d'août, légères comme du papier, les branches, des oiseaux. On se déshabitue, si tu savais. Il y a des éclats, aussi, des ombres, toute une hésitation aveuglante. Ne pas perdre l'horizon, avec dix kilos de matériel dans le dos. J'aime cet instant. Je donnerais beaucoup pour ne plus descendre.

Il y a une sensation sur ma gauche, là-haut, je ne sais pas comment dire. Je la chasse. C'est une image. On l'attend, on la cherche. On la redoute tant qu'il n'y a pas d'autre façon : s'y jeter. Se laisser prendre.

La lumière miroite sur ma main. Je me retourne. Au loin, la ville dans ses murs, l'usine de papier sous la tôle. Je crois suivre la rivière, la petite route de la maison. Mais tu n'es pas à moto. Je peux plonger vers toi par la fenêtre ouverte. Tu somnoles dans l'aube. Est-ce que tu le regardes, ton homme dressé haut dans le monde ? Est-ce que tu sens ses épaules plaquées contre toi ?

Je suis dans l'arbre. Il faut reprendre.

— Essaie à ta droite. Un peu plus haut.

Je lève les yeux. Il a raison. J'arme la tronçonneuse. J'enfile les gants et je distingue enfin la tache mate. Oh, pas grand-chose, cinquante centimètres oblongs et gris sous une branche. Ou qui seraient la branche même. Un œuf pâle. Un nid. Je le vois qui balance à peine, et c'est comme s'il me fixait, telle une pupille animale.

Une dizaine de frelons tournoient, énormes. Maintenant je les entends, ils passent, s'éloignent, leur trajectoire fait une tige métallique dans l'air.

Alors je serre ton cou, tes seins, doucement, bientôt tu seras sur le ventre, le menton dans les mains, à observer la prairie, cette jetée qui change, brûle, emportée par les tempêtes, les ouragans. Je caresserai ton dos et tes jambes du plat de la main. Quel âge as-tu ? Vingt ans ? Ou quarante, l'an dernier ?

Les gars ne bougent plus. Un seul court vers la voiture. Descends, grésille le talkie. Descends. On a vu. Tout est prêt. Les couvertures. Descends. Or je ne bouge pas. Le paysage est une paralysie : des ruisseaux, un tracteur à l'abandon, un oiseau qui tape du bec. Tout est silencieux et dur. Même ton regard me cherche. Même l'horizon trempé de lumières, avec son roulis de sensations.

Je décroche la tronçonneuse et la laisse filer vers le sol, entre mes gants noircis. Les gars me font signe. De la main gauche je glisse dans le sac les outils, le couteau, la hache, surtout. Je le laisse tomber – c'est la première fois. Je lève la tête : à cinq mètres, on dirait que le nid transpire.

C'est un hurlement. D'un coup il est sur moi, chargé d'ailes et de poison. Je pense à la voiture laissée dans un champ, à ce métal, à ce corps d'avant.

Deux mille frelons, je connais l'étude et ses chiffres. Deux mille conquérants gorgés de chaleur. Cruels. Excités. Je désamorce la corde, je perds sèchement quelques centimètres et je laisse filer, à petits pas sur le tronc, qui me semble une falaise.

— C'est bien… Continue.

Je n'écoute pas. Je ne respire pas. Il n'y a plus de branches ni de feuilles – seulement cet aplat sonore qui me terrifie, seulement cette plaque grise et veinée que je longe. Et le sol. J'essuie mes yeux trempés de sueur.

Puis le mur tombe sur moi à une vitesse que nul ne peut imaginer. Je perds tout de suite deux mètres, les gars jettent leurs talkies-walkies. Ils ont les bombes, je le sais mais je ne vois plus rien. Le frelon tape mon front une première fois, un coup d'une telle force, comme une balle d'acier brûlante, une douleur atroce et tout de suite la même. Mes gants ne servent à rien. Les frelons esquivent, contournent, fouaillent, à l'oreille, à la paupière, partout, et je n'entends plus rien sauf mon sang qui déborde et monte aux yeux, à la bouche.

Dans trois secondes je serai au sol, écartelé, le ventre à l'air, le visage pris dans nos chères brindilles doucereuses mais tu sais bien : je n'ai plus de visage. Je voudrais sangloter, pleurer du fer ou du sel, tout l'essaim a jailli et me frappe, et me brûle. Je ne sens que mon crâne en feu, bientôt la terre qui m'emporte, me noie, je n'ai plus d'yeux, de mains, je n'ai plus d'organes. Les gars ont bondi et m'ont roulé dans des couvertures. Ça, je le sens. La laine comme un sommeil pour ma tête énorme, mes mains énormes et on dirait que des pales mécaniques plient vers moi, à grande vitesse. Je brûle. Je brûle. Je brûle.

Ce matin tu étais si excité, avec ta voix glorieuse à mon oreille. Tu as poussé les vieux volets pour échapper à la lumière. Tu t'es étiré, massé dans un glissement de peau. Quoi de plus doux que notre parquet jamais ciré, où flottent la poussière et les brindilles. Tu te souviens de notre chambre ouverte ? Je t'entends respirer et je vois tes mains contre le chêne. Parfois tu forces un peu. Comme si la plaine et le ciel nous submergeaient déjà.

Soudain tu es sur moi, lourd, emmêlé aux draps que tu ouvres en riant. Oh mais tu dormais, pardon, et tu m'embrasses. Tes mains enfoncent les miennes, et mes cuisses, tu embrasses ma bouche trempée.

Attends. Attends… Je t'arrête. Je pose la main sur ta poitrine. Tu te souviens quand je me suis installée ici ? Tu te souviens d'une telle lumière ? Et d'une telle chaleur, si tôt ? Toi qui es né dans la maison. Tu devrais regarder tes carnets.

Tu souris.

Promets-moi. Je frappe. Promets. J'en pleurerais. Je frappe encore. Encore. Je sais que je dois passer par là, toucher ton cœur, traverser. Mais je ne passe pas. Je frappe et tu fais oui, au-dessus de moi en souriant, et puis tu m'arrêtes.

Tu as écarté mon haut clair. Tu as sorti mes seins, tu les as embrassés. Tu es descendu vers mon ventre. J'ai dit attends, doucement, là, doucement, et tu respirais en moi.

Je t'ai senti si profond, un peu vite, un peu large entre mes fesses, avec ton visage perdu et ta force qui me faisait hésiter. J'ai mis la main sur ta bouche et je t'ai dit : et là, dis, tu m'entends respirer ? J'ai dénoué mes cheveux, le ruban a filé entre nos doigts.

Avec tes mains tu m'as retournée, et j'ai vu la plaine aux broussailles qui flottait déjà. Il m'a semblé que nous dormions dans ce paysage. Tu t'es mis dans mon dos, me tenant aux chevilles, aux hanches, si basse, les coudes dans les draps. J'ai senti ta main dans ma bouche, sur ma langue, partout.

J'ai soif.

Tu es passé nu devant l'armoire de ta grand-mère, un peu troublé par les taches du mercure. Je m'assieds et je noue ma tresse. Tu apportes de l'eau fraîche que je verse doucement, c'est drôle, non, et c'est bon d'attendre, de respirer, un peu, d'y penser, la sueur aux lèvres et aux cuisses. Je te regarde sur le seuil comme depuis toujours – un enfant frisé qui parle vite et ne dit rien. Tu écartes le rideau, un rai de lumière passe.

Quand tu t'es approché, moi assise, j'ai embrassé ton ventre et tes mains sur mon visage, l'une puis l'autre, frémissantes, je les ai tenues contre tes fesses en riant. J'ai léché ton sexe, tout ton corps raidi là, tes yeux baissés me fixant sage. Je t'ai enfoncé dans ma gorge, loin, un peu vite, dans mes dents, dans ma bouche, avec ma salive et la tienne au menton.

J'ai posé mes mains sur ton torse, bien à plat, tu respirais entre mes doigts, liquide et transparent. Je sentais des larmes tièdes couler jusqu'à ma bouche. Il m'a semblé que je traversais enfin, c'est le combat dans la lumière.

Je me suis levée, tu m'as embrassée, on s'est tournés un instant vers la prairie éclatante : tu as plissé les yeux et murmuré, tu as raison, je ne me souviens pas de telles chaleurs.

Je m'allonge sur le dos et le plafond flotte à son tour dans le matin.

Je rêve toujours d'autres fois joyeuses, étouffées, liquides, la tête contre l'arête du matelas, les mains dans le dos, et tu m'appelles, m'appelles encore : le téléphone me réveille d'un coup.

Je l'ai cherché partout, et quand j'ai pu répondre c'était un de tes gars qui hurlait : Viens ! Viens ! s'il te plaît… Tout de suite, là, maintenant. Les frelons. Une attaque impossible. Viens…

Et il pleurait dans mon oreille avec un goût de mort. J'étais devant le miroir de ta grand-mère, nue, la main sur la bouche, et toi, depuis combien de temps tu ne respires plus.

J'ai jeté le téléphone par terre en hurlant et j'ai cherché à genoux une culotte sans trouver mais une jupe et un tee-shirt sale je crois. J'ai couru jusqu'à la voiture. Je n'avais rien, seulement les clefs et mes savates, et par terre tes outils. Je me suis essuyé les mains au volant.

J'ai roulé dix minutes, des larmes dans les yeux, le goût de sel à la bouche. Il me semblait frôler des abeilles, des insectes, des araignées, les sentir sur le siège de vieux cuir, dans mes cheveux, sous mes vêtements, dans les replis. Je me grattais et cognais la portière.

J'ai roulé vers le hêtre à travers les blés. Nous le connaissions tous, cet abri des reines et des paladins, murmurant là leurs secrets. Dans la poussière qui se dressait autour de moi, un pompier a jailli.

C'est lui le prince, avec son couteau, ses traits fixes et son casque dans le soleil. Ses yeux sont entrés dans les miens, d'un coup, j'ai senti sa peur si profonde et j'ai pensé presque en riant qu'il me trouvait crasseuse. Il a simplement dit : Des frelons asiatiques. Plus de cent piqûres. Difficile à imaginer. Difficile à regarder. On fait tout ce qu'on peut pour lui… L'hélicoptère approche, viens, suis-moi. Et j'ai cru qu'il allait fondre en larmes.

La bâche s'est ouverte dans un éclat, et ils se sont tous écartés, l'infirmière, deux pompiers, le médecin : là, au centre du cercueil, mi-plastique mi-végétal, je t'ai trouvé. Allongé sur un brancard roulé de gaze et de tuyaux, avec des écrans déjà, des courbes, et à deux mètres j'ai vu tes poumons et ton cœur, tes bras énormes, et ton visage mon Dieu, ta belle tête brûlée.

Une main a frôlé ma nuque et s'est plaquée sur mes yeux, m'emportant. Et j'entendais cette masse où je hurlais, en vain, ne t'inquiète pas, ne t'inquiète pas, il ne sent rien, ils l'ont endormi. Ne regarde pas, pas encore. Ne le touche pas.

Maintenant tu flottes dans les eaux étroites. Je ne pensais pas te voir ainsi. Tu n'as plus ton visage et tes mains.

Je suis venue vers toi, avec des brindilles sur la gorge et le ventre. À deviner ton pauvre souffle saccadé dans l'oxygène si pur, j'ai compris. J'ai vu les piqûres sur tes joues, dans les cheveux par dizaines, aux tempes, je n'entendais plus rien.

Il paraît que les pompiers sont arrivés très vite. Tu tremblais violemment. Ils ont couru vers toi, le capitaine a hurlé la dose, vite, triple dose, vite, on ne peut pas le laisser comme ça. Une main a plaqué un masque sur ton visage, tu grimaçais d'une douleur si profonde. Et lui le jeune capitaine qui tremblait, il a arraché le film plastique, percé la fiole et il t'a piqué au cou, lentement.

Les pompiers sont restés ainsi, suant, à genoux, l'un d'eux appelait le service à Paris. Puis ils ont dressé la tente autour de toi. Ils t'ont déplacé sur un brancard et là, avec leurs doigts d'amis, car ils te connaissent tous, ils t'ont déshabillé. Au couteau ils ont tranché les sangles et les crochets. Ouvert le tissu, ta chemise d'août et ton pantalon. Ils étaient trempés par leurs gestes suspendus, par cette chaleur inouïe, et de te voir nu dans le matin, avec tes taches, ces lacérations, avec cette odeur déjà.

Enfin dans l'ombre, les pompiers ont écouté tes gars terrassés qui avaient si peu à dire et tous baissaient les yeux.

Le capitaine a fait poser trois fumigènes par ses hommes : des colonnes visibles à trois kilomètres, et au centre, une croix rouge.

Ce fut la fin du nid. Deux mille frelons s'échappèrent d'un coup, tirant une ligne dans le ciel, et cette ligne était un hurlement, esquivant les arbres, les maisons, heurtant la nature.

Le médecin avait crié, au pied de l'hélicoptère blanc à Paris, surveillez le cœur, il faut qu'il tienne ! C'est la seule chose à faire ! Le cœur ! et surtout, écoutez-moi, n'essayez rien, rien, aucun produit, aucune crème, rien, pour l'instant rien. Ça pourrait le tuer. Vous m'entendez ?

Oui, nous l'entendions, le spécialiste frôlant l'Île-de-France des bois, des rivières, franchissant les lignes haute tension vers le centre géographique.

Je me suis agenouillée, chassant les images. Puis la terre a tremblé, dure, métallique, avec le capitaine qui criait : L'hélico ! Allez, on y va les gars !

Ils m'ont assise près de toi, couvert d'un drap humide désormais. Les médecins t'ont piqué de nouveau et je me suis détournée. Dans le hublot, tout semblait d'or, les champs, les routes flottant jusqu'à la tour de la cathédrale. Je sentais au-dessus de nous les pales dorées, malgré le casque, et tes mèches tachées de sueur.

Bien sûr je ne pensais plus au cadre. Le paysage tapait aux hublots comme la fièvre. L'hélicoptère filait vers l'hôpital où nous attendaient le professeur et toute l'équipe : un dermatologue, deux anesthésistes. Comment, quoi, cent trente piqûres dites-vous ? Il n'est pas mort ? C'est impossible. Cent trente. Ou bien ce ne sont pas des frelons asiatiques. Et vous êtes sûrs qu'il n'est pas en état de mort cérébrale ? Et le cœur tient ? Il faut que je l'examine. Un tel empoisonnement…

Moi je ne voyais plus que tes mains posées sur le drap et qui tremblaient doucement. Je pensais à ce matin autrefois. Je t'avais dit : Il faut que je grimpe moi aussi. Il faut que tu me montres. Pas trop haut bien sûr. Sinon comment je te retrouverai au Moyen Âge ? Je serai vieille et toi un bois de fer tordu, avec ta gueule enfin. Tu imagines nos corps impossibles à desserrer ?

Et un matin j'ai senti tes doigts dans mes cheveux. J'ai sursauté. Maman n'aime pas que tu montes, tu sais bien. Il est quelle heure ? Six heures. Allez, viens, j'ai trouvé… Et tu as arraché mes draps.

La porte a coulissé durement et là, sur le toit de l'hôpital, comme l'hélicoptère flottait encore, cinq hommes ont marché vers nous, tenant leurs blouses, un brancard, de longues gazes et derrière, immobile, qui m'observait, le professeur.

C'est comme si tu étais mort. Pour moi, mort. J'entre dans ta chambre fraîche et je découvre ton corps écarlate, enrobé de bandages, dans une odeur d'huile et de camphre.

Ton corps c'est la chambre. La douleur c'est la chambre.

Ta main gauche se soulève. Retombe. Ta bouche fait des bruits, sifflements ou murmures. Il paraît que c'est le coma – un sommeil si puissant que tu ne souffres plus. Ils disent que c'est mécanique : des réflexes. Quand tu gémis, quand ta main cherche, c'est mécanique. Je baisse la voix. C'est moi… Moi que tu as baisée ce matin.

Je pose le front sur le drap.

Une main approche. Vous avez raison, madame, il faut qu'il entende votre voix, oui, qu'il la cherche. Il faut qu'il revienne vers vous. Qu'il ne tombe pas dans les cauchemars. Surtout avec sa dose, vous n'imaginez pas ce qu'il doit voir, des images, des choses, même des odeurs… Tout emmêlées avec la gaze et les plaies. Alors racontez-lui la vie ordinaire, peu importe, le temps qui passe, le travail, les envies, des souvenirs, tout ça…

Je murmure des mots un peu brusques. Est-ce que tu souris ? Est-ce que tu tressailles ? Quand je te dis baiser ? Lécher ? Écoute ma voix hésitante. Reviens. Reviens s'il te plaît. Je pense à Pharaon enseveli dans le sable, avec son armée de statuettes. Connaissait-il nos frelons ?

Tu m'as dit : Ce matin je te montre ! Ce matin on prend des risques. J'ai enfilé un pantalon épais et un tee-shirt trop grand. On a roulé lentement dans le matin. J'ai coupé le moteur dans une clairière et on est restés ainsi, à écouter nos respirations, les premiers chants. Je sentais aussi le cuir de ton blouson.

Tu avais choisi un chêne, mon Dieu un si grand chêne que j'ai eu peur. C'était comme un fils. Tu lui parlais avec des gestes.

D'un coup tu t'es tourné vers moi, chassant ta mèche et rieur : Alors ? Un peu haut ? J'ai levé la main vers la première branche et tu as dit simplement : Six mètres. Un peu moins… Je suis venue contre toi et j'ai soufflé dans ta bouche : J'ai peur.

Trois cents mètres plus bas, à l'orée de la forêt, tu connaissais un petit cerisier. J'ai posé le sac à dos au pied de l'arbre et je t'ai rejoint à la fourche.

Toi tu étais un enfant, léger, souple. À la troisième branche, je me suis redressée face à toi, avec un filet de sang sur la paume et le sein éraflé. Tu as ri. On est à six mètres maintenant. Non ! Ne regarde pas en bas si tu as peur. Regarde-moi.

Et après quelques minutes, tu t'es laissé tomber vers l'arrière, de branche en branche. Une fois accroupi, fier et narquois, comme mes mains tremblaient légèrement, tu m'as lancé : Viens !

Sous mes paupières brûlées, je suis la trajectoire des frelons. Les gars m'ont dit qu'ils filaient dans la lumière en hurlant. Un bloc mathématique. Iront-ils vers un grand chêne ? Peuvent-ils se terrer sous un toit ? Leur odyssée m'intrigue. Le soleil est partout comme il n'a jamais été. Maintenant je ne pense qu'à ce cocon, bientôt ce ne sera plus celui-ci mais un autre, sous un autre nom, dans la même chaleur, et il m'attire, tu sais bien. Je voudrais y mettre la main. Dans son corps poreux, vivace. Tu sens ? Dis, tu sens ?

Un jour les frelons ne seront plus là. Il y aura une autre mort sous les grandes chaleurs. Mais dis-moi que mon récit sera une image brûlante, comme une aiguille dans ta langue, un témoignage vrai : et pour nous tous, un avertissement.

Je les vois à mes pieds, avec leurs stries au ventre laiteux, ces deux mille corps à tête jaune – à ne pas comprendre comment ils ne meurent pas, dans leur espace clos. Une sphère mate, brûlante. J'ai envie d'approcher. Mais la chambre reste intouchable. Elle s'écarte. Se disjoint.

Ça s'est passé ainsi. Tu le sais toi ? On te l'a raconté, déjà ?

Quand les milliers de frelons ont jailli vers moi, nés du soleil, menacés par son odeur, par le hasard, par une secousse, seule une centaine d'entre eux m'ont frappé. Le temps que je me dégage. Les gars m'ont roulé dans les couvertures de survie et l'essaim a disparu. À une vitesse folle.

Tu vois mes joues et ma gorge enflées ? Tu vois mes oreilles ? Mon front ? Tu sais les deux grammes de morphine qu'on m'injecte toutes les quatre heures ? Tu sens mon cœur épuisé ? Et les secousses, le hérissement, la peau qu'on détourne par petites bandes sèches ? Et le mort qui parle à la vivante, tu y crois ?

Je dors, bien sûr. Je ne cesse pas de dormir, à un point que tu ne peux imaginer. Le monde se penche sur moi. Très vite l'enfant est revenu. Et le passé. Une course dans la forêt. Un disque dans la glace, épais, gris sale, qui disparaît sous l'eau. Un mille-pattes cuirassé qui frôle mon oreille, s'écarte, rampe jusqu'au plafond et qu'il faut écraser. Comme autrefois les volcans s'éveillent et déversent leur lave dans la nuit. Je tiens ma gorge en hurlant. Une femme tend sa main vers ma joue.

Parfois on dirait qu'un bâton est planté dans ma veine et pénètre jusqu'au cœur. Ou bien c'est un nouvel os douloureux. Je gémis. On me parle. Est-ce toi ? Une tête triangulaire se penche sur ma tête et glisse : dors, dors, il faut dormir, échappe-toi, laisse, je fais non, non, pourtant je dors.

Dans la nuit ma tête bat seule, cogne de l'intérieur, gonfle comme une mauvaise veine et chaque organe, oui, je le détaille mécaniquement, voudrait fuir, se disjoindre, déboîter, tandis que moi je brûle.

Alors viens, viens s'il te plaît, allège-moi de ton rire, de tes baisers, de tes mots, allège-moi, oui, ne t'inquiète pas de l'odeur ou des soins.

Efface tout, tends ta main réparatrice, qu'elle repousse les années, qu'elle soit pâle et vive comme une membrane au son de tambourin.

Et puis il y a ce jeune garçon au visage doux et tracassé. Il se tient debout, je crois qu'il m'attend. Je voudrais m'approcher, le prendre contre moi. Mais c'est impossible : tout s'écarte.

J'essaie de tendre la main : le garçon tressaille. On dirait qu'il cherche un mot, un mot impossible, un mot que je n'entendrai jamais. Il articule, se trompe. Réessaye en souriant, gauche, puis se cache le visage.

Le même garçon roule à vélo le long d'un lac, ou bien est-ce la rivière douloureusement impassible.

Il tourne la tête vers moi. C'est le printemps, avec ses brumes, son flot de graines et de nuages. Je vois sa nuque rougie par le soleil, ses mains, ses bras devenus forts.

Une nuit, le jeune garçon se tient près de mon lit. Je voudrais lui dire : parle, parle s'il te plaît. Il m'observe sans un mot, je devine sa main posée sur mon oreiller.

À mon tour je suis l'arbre. Je suis le vent, je suis l'écorce et ses secrets, je suis le cercle d'âge, je suis les racines, grasses et durcies. Ou bien je suis la terre, ce serait plus simple, mais non. Je ne suis pas la terre noire où rejoindre cet enfant.

Des semaines à tâtons, avec la peau qui brûle et tombe. Des jours et des nuits avec ce lacet de mort. Tu ne sais pas, tu ne sais plus ce que c'est, le corps qui se bat.

C'est comme une prophétie inexacte. Je cours sur les chemins, je danse, je soulève des poids de laiton. Je me crois léger, empli d'un son gracieux, bientôt emporté par la fournaise.

Je voudrais me lever. Approche, sens mes bras, mes muscles de vieille bête, la peau qui a tâté le monde, viens, frotte mes lèvres, frôle les poumons, la nuque plissée, la ravine entre les épaules. Soulève la gaze humide : le creux des lèvres ; les joues ; les dents défaites ; les paupières transparentes ; c'est moi. C'est encore moi. Je sens que tu hésites – vous tous. Et si tu passes tes mains sur mon front comme autrefois, tu sentiras qu'il se hérisse.

Seule m'effleure la vie tiède, humide, alors je me dis que c'est toi.

Ça fait drôle, tu sais, de reprendre le combat, de s'offrir, avec la peur pour seule arme.

Vivre est un sursaut.

Aujourd'hui je me laisse porter. Ça prolifère, les images m'attirent. Je grimpe sans hésiter car il faut se perdre surtout, ne pas connaître le retour.

Le frelon c'est le soleil, qui nous domine et nous blesse. Moi je vogue vers l'origine. Je veux comprendre la plaine devant la maison. Je veux comprendre cet arbre, ce qu'il cherche sous le ciel. Je veux me mettre en lui. Il est mon chevet, mon abri.

Il doit rêver, a murmuré le médecin qui nous observe depuis un instant. Il rêve à cause des produits, que voulez-vous. Il ne souffre pas, malgré les bandages, les piqûres, mais on lui injecte une telle dose... Regardez ces poches. Ça doit travailler, les images, les sensations. Peut-être même qu'il nous entend et devine des mots, des idées. Puis tout se mêle... On dit que c'est une fatigue inimaginable. Les grands brûlés rêvent qu'ils sont leur blessure. Vous comprenez ? Alors il faut continuer. Entrer dans son rêve. Et il vous suivra.

Je t'observe dans ton linceul humide. Depuis deux jours tu as cette odeur : tous ceux qui entrent ont une hésitation, ce drôle de mélange de savon gras, d'alcool, de camphre comme autrefois, et puis cette odeur de toi surtout, ton corps posé là, massif, que je ne peux plus imaginer sur moi. Je me penche, je respire ton cou, ton ventre, je te reconnais.

Ce soir encore, seule dans la voiture vers chez nous, je voudrais te donner envie. Regarde ces fauteuils en cuir, depuis le temps. Ils me brûlent les fesses et ma main brûle aussi sur le volant. Je roule vite. Tu étais, tu es si fier de ta vieille décapotable.

Regarde encore : c'est chez nous, la plaine jaunie devant la maison, ce soleil, ces arbres que tu connais, les jeunes aulnes et les cèdres. Non je ne pleure pas.

Je dors nue, comme toi. La lumière me prend vers cinq heures, je me retourne mais très vite, c'est la chaleur. Je me lave la figure. J'enfile cette robe, la même, en lin clair, un peu courte tu sais, avec quatre boutons devant. Je n'emporte ni papiers, ni téléphone, ni livres. Je ne parle à personne. Je ne réponds plus. Je veux que tu saches : je t'attends. Je ne fais que ça, t'attendre.

Je claque la porte de la maison. La gorge nouée, j'essaie d'approcher. Que tu me sentes. Me voici. Tu entends ? Je pose ma tête sur l'oreiller et je fredonne. J'essaie d'oublier tes cicatrices, tes rougeurs. Avec le jour qui gagne, je transpire moi aussi. Je m'assoupis. J'ai soif. J'ai faim. Je sens ta main, tes lèvres sur mes cuisses et dans mon sexe, ton poids nouveau. On me demande de sortir pour les soins – mais je ne cesse pas de t'attendre, à quelques mètres.

Dans la maison je pleure. J'ai écarté les rideaux. Cherché les jouets. J'ai sorti la soie des tiroirs où tu aimes mettre les mains. Je suis allée vers la pièce de ta mère, mais ton berceau ne m'a rien dit.

Avant le premier soleil, j'ai marché jusqu'au grand hêtre. Les blés piquaient mes chevilles et je frissonnais dans ma robe, les bras serrés sur la poitrine. J'ai levé les yeux et je suis restée ainsi à l'observer, sans peur, sans colère. Comme toi j'ai respiré et je me suis perdue dans cette grâce : l'attente.

Il m'a semblé le voir enfin, l'arbre, chaque teinte, les veines, tout éclat, le dessin tournoyant de la forme. Il m'a semblé sentir sa peau ancienne comme une ombre déployée sur moi. Je me suis allongée. Je n'ai pas vu les années, ni les heures, ni le ciel dans sa cruauté brûlante. Et j'ai senti l'arbre enfantin qui refuse et se bat, assoiffé lui aussi.

J'essaie de tout écrire pour ton réveil. Tout. Je consigne ce matin les soupirs des infirmières qui me trouvent là, débraillée et me lancent gentiment : il faut rentrer chez vous madame, il faut vous reposer et surtout prendre soin de vous. Ça peut être long vous savez.

L'une d'elles a tendu sa main vers mon visage mais non, je ne veux pas me laver. Je veux être ici à ton réveil, avec ma robe et mes cheveux dans les tiens. Je veux que toute mon envie passe en toi. Je veux être le cocon, l'essaim, bientôt l'ombre où tu transpireras.

Un matin tu étais parti vers un chantier. J'ai laissé mes livres et j'ai pédalé vers le petit bois sans nom. Après les champs, j'ai avancé dans la forêt de chênes. Le soleil tapait au travers des branches. J'ai posé mon vélo, ouvert mon chemisier et j'ai marché ainsi.

J'ai aperçu à ma droite une petite berge humide. J'ai enfoncé ma main dans la terre en m'y appuyant. J'ai glissé un mètre sur ma robe et mes pieds. Une eau noire courait là, trempant la mousse et l'herbe longue. J'ai baigné mes chevilles dans l'eau glacée.

Je suis restée comme autrefois la baigneuse, laissant ma main rafraîchir ma nuque : frôlant les tiges, la pulpe, les yeux mi-clos dans ce rêve où tu ne cesses de voguer.

Peut-être qu'un jeune homme plus tard voudra jeter ce cahier avec tous les autres, avec tes dessins maladroits, avec tes couleurs vagues. Peut-être se moquera-t-il de tes listes de températures ?

Je me demande ce qu'il pensera. Que nous étions fous ? Morts ? Je l'imagine avec son amie dans la cour de la maison, devant le grand feu qu'ils ont allumé et ils jettent, et ils brûlent, et ils nous ressemblent. Je voudrais les serrer contre moi.

Puis l'hôpital m'a appelée. Une voix. Une simple voix qui éveille et n'aura pas de visage.

J'ai roulé très vite, main au volant et main sur le ventre. Les champs et les fleurs doivent se lasser de ma furie.

Debout devant son bureau, le médecin-chef articule :

Il a ouvert les yeux et il comprend. Il répond aux signes. C'est un peu tôt pour parler mais tout ira bien, je crois. Vous comprenez ? Vous comprenez ? J'ai appelé le patron. Il arrive. Il veut examiner votre mari, le questionner aussi. Il voudrait savoir la douleur, les sensations, les rêves. Ce qu'il a entendu ou compris. Et aussi : les frelons.

Comment il a ressenti les coups. Comment il a tenu là-bas.

Je reste assise dans ma robe sale, et je pleure, je pleure.

Il me redresse gentiment. Croyez-moi, tout ira bien maintenant. Vous verrez comme il est beau. On l'a lavé ce matin. La peau est brûlée bien sûr. Mais l'exode, c'est fini.

J'ai boutonné ma robe et mon gilet en baissant les yeux. J'ai suivi cet homme dans les couloirs, il était fier, il parlait fort, et les infirmières m'attendaient comme des matrones sur le pas des maisons. Elles ont frôlé mon épaule, mes cheveux, et j'ai senti leur joie.

Maintenant je prépare un rapport sur la douleur et la résilience, sur les mécanismes de réaction à la brûlure. Votre mari est un cas unique, ce serait utile que son accident, enfin cette attaque, soit documentée dans tous ses aspects, y compris psychiques. Car entre nous, m'a-t-il glissé en ouvrant la porte de la chambre et en s'esquivant, il devrait être mort.

Il m'a fallu des mois pour retrouver le calme. Et un an pour ne plus sentir les brûlures sur mes doigts, mon crâne, ma nuque. L'envie n'est pas revenue. Je laisse les jeunes grimper, ce sera leur combat.

Après deux mois tu m'as presque porté jusqu'à la voiture. Je tombais sur ton épaule. Personne ne t'aurait remplacée ce jour-là, béquille, brancard, moto ou hélicoptère. Personne. C'est le secret des reines de France. Je sentais ta souplesse et tes seins. Devant la maison on a traversé la cour. J'ai caressé ton ventre, fermant les yeux, et toi tu as sursauté. Mais tes mains… tes mains… Tu en pleurais presque. Oui, après des mois sans écorces ni cordes, après tant de crèmes et de bandages, mes mains étaient douces. Tu vois, je suis un très jeune homme.

— Viens, tu m'as dit.

Tu t'es retournée vers la plaine. Tu as enlevé ta robe par le haut, cheveux emmêlés aux boutons. J'ai vu mes cahiers au pied du lit avec les vêtements. Telle est la chambre, et telles sont les années.

Tu te souviens ? L'été si chaud, on le sentait à nos mains, sur les carreaux devant la prairie, à tes jambes fines et transpirantes. Sur la photo presque grise, les brins d'herbe sèchent. Nous avons connu cette terre. Nous avons connu les frelons, puis d'autres visiteurs.

Nous avons mené le combat poétique contre la fin des temps.

Les os vont sécher sous la peau.

Il y aura d'autres morts sous les grandes chaleurs.

Je ne vois ni feuille ni fruit pour guérir les nations.

Dans toute image, il y a un pli. Parfois, même ce pli est invisible : je joue le jeu de la vérité et je ne lui donne pas de nom.

La brûlure

L'histoire racontée par le grimpeur d'arbre

Nous autres ?

Nous les enfants.

Nous qui regardons par la fenêtre. Nous qui avons un rapport au monde extérieur, aux sensations, au ciel. Nous qui ne pouvons pas être enfermés.

Comme chez Jack London, nous qui dormons sous la voûte étoilée.

Les arbres, c'est un appel. Ceux de la ville ne peuvent plus comprendre.

Je suis un mystique de la nature, c'est vrai. Les rivières enfouies. Les oiseaux. Les vents. La disparition de la neige. Voilà mon sujet.

Moque-toi, si tu veux.

J'ai été élevé urbain, et quand je revenais en vacances, à treize ans, chez moi près de Bourges, je me roulais dans les feuilles séchées. Je plongeais les mains dans la terre, je m'égarais dans l'herbe jaunie, c'était fou.

J'avais besoin de respiration. J'allais dans les prés comme le premier homme.

En ville, j'observe. Je ne porte pas de jugement mais je vois les hommes, les uns sur les autres, la cruauté, les jours âpres, ils suffoquent, ils s'agitent, ils n'ont plus de corps on dirait. Ce n'est pas pour moi.

Bien sûr les hommes font des choses dans les villes, mais ils n'ouvrent pas les yeux. Ils sont ivres de destruction.

La planète est brûlée, et nous serons un épiphénomène dans l'histoire de la terre. Nous allons disparaître.

Au pied de l'arbre, je sais ce qu'il me donne.

Il y a le seigneur. Le jeune prince. Le déclassé. Le tordu. Les assoiffés.

Pour nous, le petit arbre dans le potager de la vieille a autant d'importance qu'un chêne centenaire ou un saule penché sur l'étang.

L'arbre n'a pas de maître. Il parle des habitants, du climat. L'arbre de chacun fait le paysage de tous.

Quand tu es dans l'arbre, tu ressens son environnement. S'il est avec des compagnons, s'il est seul, s'il est en danger, s'il y a une autoroute à l'approche, s'il peut s'exprimer – ou pas.

Aucun arbre n'est dans la même situation. On ne parlera jamais d'une population, sauf en forêt ou pour l'exploitation.

J'attends. J'observe. Les usines. Les sols pollués. La sécheresse. L'essence, bonne pour le pays ou non. Il y a des terres sans tilleuls, par exemple ; et si j'en trouve un, le pauvre, il a cent ans et son tronc est comme mon petit doigt.

C'est un déchiffrement. Celui-ci est vieux mais il est mal. L'orage l'a blessé. Il se creuse.

Celui-là est jeune et déjà énorme, il a les pieds dans l'eau. Une maison lui offre de grands reflets de chaleur.

Là-haut je vois les paysages différemment. Des câbles électriques comme un long serpent, une route en bordure, une ligne de train dans sa gaine de ciment, et un arbre à côté, je dis : non. Il n'est pas à sa place. Le bon arbre, au bon endroit. C'est la règle puissante mais invisible. La plupart du temps, c'est nous les humains qui sommes arrivés près de l'arbre. Comment savoir ce qu'il en a pensé ?

On devrait s'écarter. Offrir de l'espace. Il y a un idéal pour un arbre : l'absence d'hommes.

L'arbre est là pour mille ans, et il va s'en passer, autour de lui. Guerre ou cinéma, la neige, les nuits, les enfants à ses pieds, et les villes qui montent d'un coup. Il n'est pas à la même échelle que nous. Certains arbres étaient là depuis Saint Louis, et soudain ils ont gêné.

J'ai connu des aventures extraordinaires avec eux. Planter un arbre pour dix générations, c'est incroyable. Je crois que ça n'arrivera plus.

Les arbres voient et j'aimerais raconter pour eux. Ce qui se murmure ou s'invente là. Le jeune roi qui passe. Tiens il s'adosse, semble hésiter, baisse les yeux. À toi il se confiera. Écoute le secret du roi de France. Les écuyers s'impatientent un peu plus loin. Aussi les amants, ils se soulèvent, rentrent dans l'aubier, tissu, peau, soupirs, oubli.

Autrefois, le pendu.

Nous, on est des violents. On voudrait leur arracher les racines, couper les branches puis la tête.

Les hommes ont perdu la nature. C'est triste. L'arbre est vivant, comme les animaux ou les insectes. Comme nous. Une panoplie bizarrement liée.

Et puis il y a l'ignorance et la bêtise.

La nature ? Un mot que les gens n'aiment pas. Je l'emploie un peu mais je préfère parler du vivant : alors ils font attention. Le vivant, c'est nous.

Je les observe dans les squares parisiens : les enfants de toujours collectionnent les bogues, les feuilles crénelées, les châtaignes. Ils font des herbiers glorieux pour maman. J'adore leurs visage, leurs mains éraflées. Puis les cahiers sèchent dans les armoires. La nature est ailleurs. Ils ne savent plus ce que c'est.

Moi j'ai fait les foins à quatorze ans. Je ne travaillais pas, non, c'est un grand mot. J'étais chez moi.

Je prends de jeunes stagiaires. Ils nous accompagnent partout, je leur montre des essences, des techniques. Ils ratissent les feuilles et préparent le chantier. Souvent ils ont froid. C'est la vie de dehors. La vie de nous autres.

Il y a des adolescents heureux, tout de suite ils comprennent ce qu'on fait. Ils ont envie. Ils regardent par la fenêtre. D'autres ne disent rien, ils retournent à l'école après quelques jours, et je reçois un coup de téléphone des parents : Merci, merci, c'était formidable. Le môme s'est mis au travail : il a compris que ce n'était pas pour lui.

Quand un jeune choisit ce métier, il faut qu'il ait déjà cette sensibilité. Puis il va la développer : savoir ce qu'il fait là, quel est son combat sur cette terre mais aussi face à cet arbre.

Notre métier est dur, il fait froid, il neige, il vente, puis tout brûle, le soleil, le tronc, le ciel implacable.

Si je suis perdu, l'arbre me dégage.

Pour être bien dans l'arbre, il faut être au clair avec soi-même.

Il arrive qu'on croise des gens peu concentrés et très fiers d'eux. Partout on nous observe et certains en tirent une fierté légitime. C'est bien mais on peut aussi oublier certaines règles. Alors vient le danger.

Être concentré, c'est être dans l'arbre mais aussi pour l'arbre. Je le coupe, je le blesse. Il faut être prudent car l'arbre réagit. Si l'on dégrade sa biologie, il est blessé. Les gens ne voient pas à quel point la sécheresse fait souffrir la nature, c'est à désespérer.

Nous on le voit et on le sent. Fort. C'est long. Premier mois, deuxième… Au quatrième mois, le monde des vivants souffre. Ça commence à griller, les petits d'abord. Puis certaines espèces.

Alors je prie pour qu'ils aient de l'eau. Ce n'est pas ma famille, mais ce sont des amis. Je le sens physiquement. Et plus encore dans les pays où j'ai de mauvaises vibrations. Parfois, sur la route, je me sens mal, je découvre les arbres dévastés, égorgés, vides, et j'ai envie de crier.

Je vis fort mon rapport à la nature. Je suis un romantique, j'utilise les mots. Il y a des gens plus tranquilles.

Quand je monte dans l'arbre, je vois des choses. La fiction c'est ça.

Il y a une stratégie de grimpe.

Autrefois on venait avec une échelle et on montait à l'os : je lance ma corde et j'accède branche par branche, fourche par fourche. Aujourd'hui, je lance un petit sac, la corde suit, et je monte à la corde en alternative, avec les pieds, les genoux, les bras. Ça paraît simple mais c'est une technique récente.

Les gens sont toujours étonnés de voir où l'on s'accroche. Ils imaginent des dangers, alors que pour nous, c'est la routine.

La fragilité est inapparente. Il faut avoir des connaissances sur la contrainte qu'on peut infliger à la fourche, et se tenir à un endroit particulier, pas n'importe où sur les troncs et sur les branches.

Je ne fais pas du tout la même chose selon les essences, certaines très cassantes ; d'autres semblent frêles mais peuvent soutenir deux hommes.

Je suis dans un arbre ? Je suis un prédateur. L'arbre n'a pas besoin de nous.

Je me sens ami de l'arbre, mais je suis un médiateur. Je travaille pour les hommes.

Je vais dans l'arbre et je vais faire ce qui est possible sans le dégrader. Et sans mettre en danger la maison qu'il gratte de ses branches.

Je sais jusqu'où je peux aller. Je repousse les arbres, je taille pour des routes, des maisons, des câbles électriques. Mais il faut des raisons d'agir.

Si on perd un arbre-monument, si on lui fait du mal, si on met son intégrité en jeu, alors je dis : non.

La médiation c'est affirmer : je peux faire ci, et ça, l'arbre le supportera. Si vous me demandez de faire plus, il va se dégrader, et là, je refuse. Je préfère enlever l'arbre plutôt que d'agir hors des codes. Ça n'a rien à voir avec l'esthétique : c'est l'intégrité physiologique.

Si j'agis dans les règles de l'art, l'arbre s'habitue. Il s'accommode.

Un arbre peut vivre vingt mille ans. Je suis déjà monté dans un olivier de trois mille ans, en Sicile. Il pourrait y avoir des châtaigniers du même âge, mais je n'en connais pas. J'ai connu des chênes plantés à la Renaissance.

Dans un arbre très ancien, on ressent des vibrations. Il faut imaginer… Alors j'enlève mes chaussures. Je grimpe avec douceur et respect. J'écoute. Je le laisse me toucher. Me traverser. Faire de moi un homme, tout petit dans son histoire, un homme troublé.

Autour de moi en Sicile, tous partageaient la même expérience. Ils savaient. Ils savent.

Cinq jours par semaine dans les arbres, pendant dix ans, et on est arboriste. Moi je dis : grimpeur d'arbre.

Une partie du métier c'est tailler ; l'autre partie, c'est enlever les arbres – ce qu'on appelle démonter.

Pour que les muscles soient faits, pour que les acquis soient dans le corps, il faut cinq ans.

C'est à la sixième année qu'il y a le plus d'accidents. Le grimpeur pense qu'il maîtrise tout. Alors il se prend une branche en passant sous l'arbre d'un copain. Ou bien il chute.

On envoie des choses très lourdes, mais qu'un enfant de trois ans peut contrôler d'une main, grâce à nos techniques et à notre matériel.

Il n'empêche que ce qu'on travaille a une force colossale. Si je ne respecte pas l'arbre, lui va se rappeler à moi. Si je perds l'attention, je suis en danger, parce que ça peut venir de partout : de l'arbre. Des autres. De l'extérieur du chantier. Des animaux.

Le métier, c'est l'observation.

Un jour j'arrive sur une place de village. Les arbres ont deux cents ans. Ils sont ouverts, déchirés. Et ça repousse comme ça peut.

Je me souviens avoir voulu faire venir de la beauté sur cette place. Qui n'était pas possible. Ils n'avaient plus la force. Ils étaient épuisés.

Le maire était un maçon à la retraite, il devait avoir quatre-vingts ans et vient faire sa visite de chantier. Des arbres, il y en a une trentaine, tous dangereux pour les hommes et les voitures.

Je fais ce que je peux mais je peste et je suis triste. C'est un travail impossible.

Soudain je vois le maire qui approche. Il demande à me parler.

Je lui dis ce que j'ai sur le cœur : monsieur, on ne fait pas du tout ce qu'il faudrait. Je comprends que vous y soyez attachés, à ces arbres, mais ils sont creux, malades. C'est déplorable. Je vais en couper la moitié et baisser la voilure, mais vous avez du danger ici. Un maire courageux prendrait la décision de les enlever. De replanter. De donner un élan de jeunesse et d'espoir. Sinon la ville s'éteint.

Je lance ça devant tout le monde, le journal local, les notables. Le maire m'observe effaré. C'est un colosse. J'aime sa réaction. Il me dit, avec son doigt : monsieur, vous savez que vous ne travaillerez plus jamais ici. Vous le savez, ça ?

Je dis : oui je sais, sûrement, mais je ne veux plus jamais travailler ici, je crois que vous l'avez compris aussi.

L'homme est responsable du patrimoine arboré.

C'est toujours la même chose : quand je coupe un arbre, les gens manifestent. La moitié parce que j'enlève un arbre. L'autre moitié parce que je ne l'enlève pas.

C'est une détestation. On les maltraite mais il ne faut surtout pas les enlever.

Vingt mètres en moyenne, c'est haut. Les gens ont peur. Ils veulent qu'on le coupe en deux. Ils ont raison : ainsi il ne tombera plus, mais il va se dégrader. Les champignons gagnent et creusent. L'arbre perd de la stabilité. Ses racines peuvent alimenter trois hectares de feuillage et tout à coup je les enlève. On imagine l'énergie déployée pour cicatriser, pour vivre encore. Sur un platane, trois cents branches repoussent en quelques mois. La deuxième année, la moitié d'entre elles sont mortes. L'homme crée de la crasse. Dix ans plus tard, sur les cent branches qui auront poussé, il en restera cinq ou dix. Un plumeau.

Le tronc blessé ne cicatrice pas assez vite. Surtout certaines essences : le noyer et le charme ne cicatrisent jamais. Le marronnier. Des bois blancs. Ceux-là vont mourir. Le platane et le tilleul, eux, tiendront. Mais tout repousse en bordure, sur du fragile.

Les arbres ont une intelligence supérieure à la nôtre. Attaqués de toutes parts, ils vont réussir à vivre cent cinquante ans.

Le bois a une force, une plasticité.

Et l'homme ? Du pauvre bois.

J'ai rencontré des arbres d'une grande beauté.

Au square des Batignolles, je me souviens, il y a quatre arbres remarquables, parmi tant d'autres. Deux hauts platanes qui ont les pieds dans l'eau. Un tilleul. Et un zelkova.

En octobre, je viens travailler aux platanes et je m'arrête devant ce zelkova. Il y a des couleurs jaune orangé. Une écorce qu'on ne voit nulle part ailleurs, torsadée, lisse. Un arbre exceptionnel.

J'en ai rencontré un autre à l'arboretum de Montargis. Pas si rare, mais magnifique.

Sinon je les aime tous.

Un paysage c'est un tableau, un Van Gogh, un Cézanne. La vie entre iris et montagne.

Mon métier c'est d'entrer dans le tableau vivant.

Je fais venir de la lumière. Il y a beaucoup de manières de tailler délicatement. Je dois garder cette idée, même en bordure d'autoroute, près d'un potager. Dans des endroits sans charme.

Après mon passage, tout sera en harmonie mais il faudra revenir. Parfois chaque année – les tailles architecturées font aussi le paysage.

J'ai écrit : tout sera en harmonie. Ce n'est pas si vrai. Ça dépend. Parfois c'est rompu.

J'ai frôlé la mort deux fois.

En France, il y a des arbres de cinquante mètres. Mais à partir de cinq mètres, on quitte le monde terrien et on ne doit plus chuter.

Si je tombe de la sphère dans laquelle je me trouve mentalement, je suis en grand danger. Entre trois et dix mètres, je n'ai pas le temps de réagir. Je chute. J'ai mal.

Au-delà des dix mètres, on ne sait plus.

Même dans l'accident il y a une sorte de sang-froid. Et une lucidité.

Il y a trente ans, dernier chantier de juin : de grands arbres au-dessus de poulaillers couverts. Ma tête était en vacances hélas. On a rencontré des gens au milieu du chantier, j'étais déconcentré. Et j'ai fait une erreur de manipulation.

Un gros billot me cogne et m'envoie balader. Les sécurités cassent, je bascule.

Je tombe de seize mètres : ça a été ma première expérience. De si haut, on sait qu'on meurt. Seize mètres c'est cinq étages – je traduis pour la ville.

Pendant cette chute, ma vie défile. Je retrouve ceux qui me manquent, ceux auxquels je pense tous les jours. Ils m'appellent.

Tout semble au ralenti. Je me retourne comme le chat, je cherche des accroches. Il n'y a rien. Je tombe encore.

Je vais mourir.

Ma femme est enceinte. On partait en voyage peu après, en amoureux. Je dis ou je pense : Mais putain, les billets d'avion, ils sont où, mon voyage est foutu, le sol approche. Je vois déjà mon nez cassé, les dents qui vont remonter dans le cerveau, je vais perdre les yeux. Avoir mal, très mal. Je commence à être en colère, non, ma femme, ce voyage, cet enfant que je ne connaîtrai pas. Ma fille que je veux nourrir, choyer. Je dis : non. C'est pas l'heure. Je prends la décision. Je m'en souviens parfaitement. Je dis non. Je le dis.

Je n'accepte ni la douleur, ni la chute. J'avais encore ma tronçonneuse, qui ne tournait plus. Et je fais un roulé-boulé sur les branches au pied de l'arbre que je viens d'abattre. Mon frère se précipite : je lui dis que je suis vivant. C'était dans un village, les pompiers m'ont vu tomber, ils se précipitent.

Dans le camion, je compte avec mes doigts. 1, 2, 3, 4, 5… Je leur montre que tout bouge. Bras, avant-bras. Je me redresse. Ils s'inquiètent. Je leur montre le tronc. Tout pivote. Je m'assieds sur le lit de mort, ça bouge, là, là aussi. Regardez, je vais vous montrer : et je me lève. Sur une jambe, je plie, sur l'autre.

Je lance : maintenant je sors du camion et je rentre chez moi.

Ils me tiennent doucement : ça ne va pas se passer comme ça monsieur, on vous conduit à l'hôpital.

Non. Jamais je n'irai. Je sors de la camionnette. Le chef des pompiers va chercher mon frère, qui me dit : tu ne peux pas refuser, on va t'examiner.

Je lance : fais comme tu veux, moi j'y vais pas. Je signe une décharge, je vois les jeunes pompiers qui m'attendent, je leur dis : On a eu chaud, venez boire un coup.

Ils m'appellent le miraculé.

Je n'étais pas flamboyant. Je marchais sans trop savoir ce qui m'était arrivé. Je rentre à la maison en voiture, suivi par mon frère qui s'inquiétait.

Le choc était sur ma jambe. Le rebouteux du village me manipule.

Le lendemain, avant de partir en voyage, je vais chez un ostéopathe. Un homme génial. Il me touche et conclut : Philippe, je ne peux rien faire, l'onde de choc n'est pas encore là. Mais ça va être chaud.

Trois jours à Rome. On visite. À Sienne, on a réservé dans un hôtel extraordinaire et poussiéreux. Dans le train, la fièvre monte d'un coup. J'ai mal partout. Je suis grelottant. Détruit. Je suis bleu à cause des coups : les branches sont là.

Je m'allonge à l'hôtel et je dors trente heures.

Deux semaines après je suis rentré, et je suis remonté : d'abord pour voir. J'étais différent, bien sûr. Et c'est reparti. On n'en parle plus.

Dans un arbre on ne doit faire qu'une chose à la fois. C'est comme ça que j'ai conduit ma vie.

Si quelqu'un approche et rentre dans le champ : ça interfère. Le regard est dangereux.

Parfois on est tentés. Mes jeunes gars vont vouloir se mettre en valeur, montrer leur bon profil, faire quelque chose de spectaculaire – mais qui n'a pas lieu d'être. Ce n'est pas facile d'avoir la bonne fierté.

C'est la fin de l'été. J'ai l'envie. Rien ne m'arrête.

Souvent on me demande si là-haut, j'ai accès à la beauté, si je rêve, si je respire des essences, des fleurs. Or je ne vois pas dans les arbres le quart de ce que je devrais voir ou espérer. Pas le temps. Je taille. Je hisse. Je coupe. C'est le métier.

Ce matin-là, un de mes gars s'était fait piquer par un frelon sur un arbre. Deux fois. Il ne se sentait pas bien et je l'ai renvoyé chez lui sans bien comprendre, car je ne connaissais pas la violence du frelon asiatique.

Nous les grimpeurs, nous avons trois ennemis qui nous chassent : les frelons, les abeilles et les chenilles. Ces dernières processionnent dans les pins et dans les chênes.

Moi elles ne me font pas grand-chose. Elles laissent une traînée de bave et certains auront tout de suite des démangeaisons.

Le frelon asiatique, je ne connaissais pas.

J'ai été piqué par des frelons européens et des abeilles, bien sûr. Vingt-deux fois. J'ai été piqué et j'ai continué.

Dans notre métier, il faut sentir dès le matin si l'on est en danger ou pas.

La mère de mon compagnon piqué l'avait prévenu : il va se passer quelque chose. Je l'écris à ma façon : son fils, elle l'avait placé dans une bulle de soleil pour le protéger.

Ma femme aussi m'avait trouvé nerveux : Tu n'es pas à ton affaire ce matin, tu ne sais pas où tu en es. C'était la reprise. Elle me trouvait débordant.

Notre arbre faisait au moins trente mètres. Un érable plane. Certains arbres sont dangereux. Ils ont des parties anciennes, fragiles. Déstructurées. J'ai dit aux gars : cet arbre, je vais le faire. Je prends le danger. Je suis le patron, je ne me planque pas.

En ce matin d'été, je suis sorti de mes mécanismes.

Il fait 30 degrés et je ne vois aucun risque inconnu.

Je monte quinze mètres avec une tronçonneuse, et bien sûr ma scie égoïne. Je suis en tee-shirt, sans casque et sans gants.

Je grimpe à la corde. Je suis dans l'effort.

Soudain je sens que ça vole autour de moi, je me dis merde.

Abeilles, frelons ? Je ne vois pas trop. Il fait chaud, je suis trempé de sueur, je sais qu'ils aiment ça.

Ils me piquent assez vite et ils sont nombreux.

La première piqûre, j'écarte le frelon, mais ça brûle terriblement. Là je comprends. Il faut que je descende très vite et je sais que je peux mourir avant de toucher le sol.

Je ne vois pas ma vie défiler.

Aucune image.

Maintenant il y en a partout. Je les laisse. Je ne les touche plus. Je m'occupe uniquement des moyens techniques pour descendre.

Je crie : Alerte rouge.

On sait qu'il faut s'exprimer clairement.

Je crie : Au secours, attaque de frelons asiatiques. Appelez les secours !

À ce moment-là je sens tout l'essaim sur ma gueule.

Ils sont partout.

Mon Dieu ça fait mal. Je ne m'occupe pas de la douleur mais de la survie. Descendre. Descendre.

Mon gars, les passants, les gens de l'école au-dessus de laquelle je travaillais, tous ont appelé les pompiers.

La douleur est tellement effrayante, c'est la mort au bout. J'ai senti les premières piqûres, mais il y en a tellement. Je hurle. Je hurle. C'est comme être pris par quinze types qui te défoncent. Rien à faire. À chaque fois c'est une brûlure. Une décharge électrique. Mais la douleur sera multipliée par dix dans quelques minutes.

Me voici en bas.

Mon cœur patine. Je sens qu'il peut lâcher. Je suis allongé sur le bitume et je ne bouge plus. Mon gars a chassé les frelons avec une couverture, la tête, les bras, et il hurlait lui aussi : gravement allergique, il risquait la mort. Il a eu très peur. Moi j'étais mal, mais j'étais fort.

Je décroche mon harnais en tremblant.

La douleur est si intense qu'elle va me pulvériser.

Il faut comprendre : c'est comme si on t'arrachait la peau. La chose la plus brûlante au monde est sur moi.

On attend les pompiers. Je perds le fil en gémissant.

Quand ils arrivent, ils me parlent pour que

je ne sombre pas. Ils me demandent : qu'est-ce que c'était, des frelons ? Asiatiques ? Vous êtes sûr ? J'ai envie de crier. Je ne réponds pas. Rien ne peut exprimer cette souffrance.

Rien.

Ils me chargent sur la civière.

Là c'est physique. Je vais encaisser. Chercher la force. C'est l'expérience la plus extraordinaire : faire fi.

Dans l'ambulance j'avais si mal, je me disais pourvu que ça s'arrête, pourvu que ça s'arrête. Après deux grammes de morphine, j'ai pleuré comme un enfant en appelant ma mère. Je me tapais la tête contre les murs.

Les pompiers ont soutenu mon cœur. Pour eux, ça a été une expérience, de voir un type bouffé comme ça. Ils savent que j'étais très loin.

Je me souviens de l'arrivée à l'hôpital, dans un flou terrifiant. Après, rien.

Mon frère est venu, il a été choqué. C'était très impressionnant, je crois, les morsures partout, le feu sur la peau. Et mon immobilité absolue.

Si ça revenait aujourd'hui, je mourrais. Tout de suite. Et je voudrais mourir. Je ne peux plus traverser ça.

Quand je suis tombé il y a trente ans, j'ai compris et j'ai lutté. Là, je m'éteins.

Pourtant je continue de vivre dans le couloir de flammes. Je ne sais pas d'où vient cette force vitale : plus tard, elle me laissera une idée de moi-même.

À l'hôpital, ma femme me lave avec du coton et de l'eau. Elle retire les dards un par un.

Après cinq jours entre la vie et la mort, je finis par rentrer chez nous. Je peux faire une crise cardiaque à tout instant. Pendant le trajet de l'hôpital à la maison, je suis terrifié. Une mouche me tient au fond du siège. Je suis défoncé de médicaments. Et très faible.

Je ferme les fenêtres, les volets. Je me barricade dans la nuit.

Dehors, c'est devenu dangereux. Je me suis aperçu qu'il y avait de l'hostilité dans la nature, alors que j'étais un guerrier.

Tout à coup j'ai peur.

Je ne sors plus.

Ma vie est finie.

L'arbre, les insectes, la chaleur.

Je ne peux plus affronter la jungle.

Je vais gagner la ville.

Le deuxième jour, j'ouvre les volets.

Ma femme me dit : Philippe, il y a un nid de frelons dans le marronnier…

Je ferme les yeux. Je me recouche.

Putain, putain.

Les frelons en face de notre porte, c'est impossible. J'appelle les pompiers, je les implore : Je suis en danger, de mort, je sors de l'hôpital, il y a un nid de frelons devant chez moi.

Ils me répondent : non. On ne fait plus.

C'est fini.

Je suis lucide une heure par jour.

Un homme intervient quelques jours après. J'arrive à sortir avec lui et nous parlons : ce sont des frelons européens. Lui porte une combinaison spéciale. Il m'explique avoir déjà été piqué à l'œil, les frelons asiatiques étant rentrés dans sa combinaison. Il sait ce que j'ai traversé.

Je rencontre enfin quelqu'un.

Je le vois faire. Il coupe le nid et l'embarque dans un sac pour le brûler au loin.

Ma peau est comme brûlée à la cigarette. Des morsures, partout : aux bras, aux oreilles, au visage, tout mon torse, mon dos. Et mes mains, rouge sang, épaisses, qui ne peuvent plus rien saisir.

J'ai été à la douleur extrême.

J'ai été chargé comme une mule pour supporter, sinon je serais mort de douleur. Une vraie intoxication. Je dois me laver des médicaments.

Au fil des semaines, je reprends confiance.

Je me lève, je sors.

En septembre, je visite nos chantiers en bordure du Cher. J'observe les arbres : partout des nids d'abeilles, des frelons. Partout. Je ne vois plus que ça. Je n'entends plus que ça. Je ne supporte plus la piqûre d'un moustique. J'ai encore la douleur en moi.

Je me demande si je vais pouvoir retourner dans nos arbres.

Ce que je ressens, c'est la brûlure.

Je la vois sur les arbres.

Ce que le soleil inflige. Ce que je n'ai pas vu pendant trente ans, je le découvre : l'échaudure.

La partie vivante de l'arbre, ce sont les trois à cinq centimètres sous l'écorce.

Le vivant est à peine protégé par cette peau rugueuse : comme un tissu qui permet les échanges entre les racines et les feuilles. C'est le génie de l'arbre : les éléments de la terre rentrent dans l'arbre et montent dans ses colonnes, avec une pression de dix bars.

Le môme des villes ne sait rien. Il ignore que le collet, au-dessus des racines et en dessous du tronc, est une des parties les plus sensibles. Il ne connaît pas le flux des cellules, la beauté des charpentières.

Plein ouest, au coucher. La réverbération du soleil sur le calcaire, le gravier blanc ou le goudron, ça cuit un jeune arbre à l'écorce tendre. Il se fend.

Ces échaudures, je les apercevais il y a quinze ans sur les fûts. À partir de la canicule de 2003, j'ai commencé à les voir sur les branches. 43 degrés, mais 60 degrés au soleil couchant sur l'arbre. Certaines forêts de pins, certaines forêts de chênes, en Touraine, dans les Vosges, ont été durement touchées.

Violence du soleil. Le sud gagne.

Comme la disparition des insectes, ça a été le premier signe.

Pendant un an je me suis réveillé en feu. Hurlant. Trempé de sueur face à la bête unique qui m'attaque.

J'ai fini par remonter avec prudence.

Un matin je grimpe dans un érable plane. Tout d'un coup ma corde est un peu courte : à trois mètres du sol, je me sens en danger comme jamais. Je tremble : mais qu'est-ce que je fais là. Je ne respire plus.

Alors je descends pour changer de métier.

C'est mon dernier arbre.

Mais non.
J'ai continué.
Parfois la peur vient, revient, je la chasse.
Le récit est une brûlure.
Je pense à Luther : Si demain c'est la fin du monde, je plante un arbre.

Pour Maguelone

Et merci à Philippe, le grimpeur d'arbre

Avec des citations de Flaubert, Luther, Homère, Aristote, Sartre, Conrad, Michelle Perrot, Patrick Boucheron, Jean Rouch et du livre de l'Exode.

Mise en pages
PCA 44400 Rezé

Cet ouvrage a été achevé d'imprimer
par CPI Brodard et Taupin à La Flèche
pour le compte des éditions Grasset
en mars 2020.

PAPIER À BASE DE
FIBRES CERTIFIÉES

Grasset s'engage pour
l'environnement en réduisant
l'empreinte carbone de ses livres.
Celle de cet exemplaire est de :
300 g éq. CO_2
Rendez-vous sur
www.grasset-durable.fr

N° d'édition : 21460 – N° d'impression : 3038112
Dépôt légal : avril 2020
Imprimé en France

